TINA
Superbruixa

Brúixola

Direcció Editorial:
Trini Marull

Edició:
Cristina González

Preimpressió:
Mar Garrido

Traducció:
Marga Gómez

Il·lustracions:
Birgit Rieger

Disseny de coberta:
Miguel Ángel Parreño

Mallorca, 45
08029 Barcelona

ISBN: 84-8304-843-4
Dipòsit legal: M-39.923-2006
Printed in Spain

KNISTER

TINA Superbruixa

i els dinosaures

Brúixola

Al final d'aquest llibre
trobaràs dos espectaculars
trucs de dinosaures.
Però no siguis impacient i…
espera a arribar
a la pàgina 141!

Aquesta és la Tina, la superbruixa protagonista de la nostra història. Té més o menys la teva edat i sembla una nena normal i corrent. Bé, en realitat ho és..., però no del tot. I és que la Tina té una cosa ben poc corrent: un llibre de màgia!

Un bon matí, la Tina es va trobar aquest llibre al costat del llit. Que com és que va anar a parar allà? Ni idea.

La Tina només sap dues coses: que la bruixa Baduixa se'l va deixar oblidat en un descuit i que el llibre conté encanteris de debò i uns trucs de bruixa d'allò més bojos. La Tina ja n'ha provat uns quants. Però, compte...!

Val més que no provis d'imitar els conjurs de la Tina, perquè...

Si en llegir una paraula t'equivoques,
el teu raspall de dents esdevindrà escombra;
la professora, un monstre abominable;
i el gelat que et menges,
un cogombret en vinagre.

Per si de cas, la Tina Superbruixa no ha parlat amb ningú del seu llibre tan fantàstic. És, com si diguéssim, una bruixa de debò, però secreta. Ha amagat l'existència del llibre de màgia fins i tot a en Pitus, el seu germà petit, i això no li ha resultat gens fàcil, perquè en Pitus és molt i molt tafaner, i a vegades pot resultar una mica pesadet. Però, malgrat tot, la Tina l'adora.

Bé, doncs..., a continuació, capbussa't en el plaer de la superlectura amb les aventures de la Tina Superbruixa!

Capítol 1

En el qual passa alguna cosa sorprenent de debò

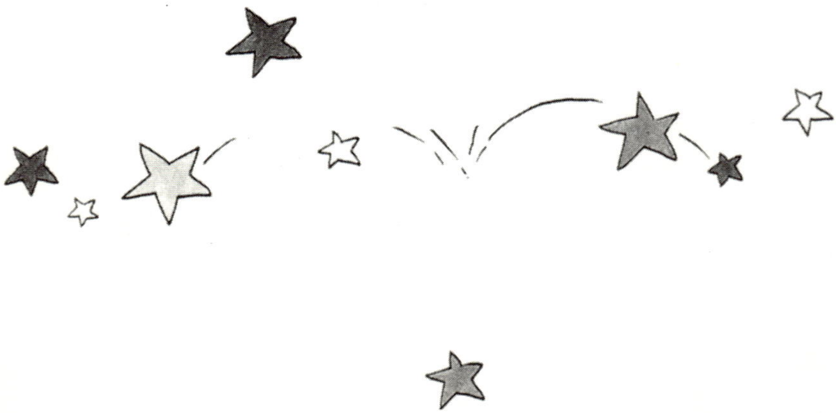

És dissabte a la tarda i la Tina és a la seva habitació.

Els pares han sortit amb en Pitus, el seu germà petit, que fa dies que no para de demanar que li comprin fil per al seu estel. La seva padrina li n'ha regalat un d'enorme pel seu aniversari. És un estel d'aquells que volen amb dos fils, i a en Pitus ja se li n'ha trencat un... abans d'estrenar-lo!

Quan en Pitus va desembolicar el regal, la Tina li va dir tota seriosa:

—Has d'anar amb compte, microbi, no fos cas que tu també t'envolessis amb un cop de vent.

La Tina només volia riure's una mica del seu germà, és clar, però els pares es van espantar en sentir-la:

—Potser hauríem de canviar l'estel per un altre de més petit —suggerí la mare.

—Bona idea, sí… —afegí el pare.

Però en Pitus s'hi va negar en rodó:

—Ni parlar-ne! Jo vull aquest! El meu estel ha de ser el més gros i perillós de tots!

Després, un dels fils es va trencar, i en Pitus va començar amb la cançó de l'enfadós per a comprar-ne un altre. Els pares encara estaven preocupats, potser aquella

andròmina era perillosa de debò. En Pitus va fer de tot per convèncer-los:

—Sisplau, sisplau, vaaa... Us prometo que només la faré volar amb vent fluixet!

Per fi, els pares es van estovar i aquell dissabte van sortir a comprar el fil.

Per a la Tina, quedar-se sola a casa era una cosa que no solia passar. Que bé, anar al seu aire, sense que en Pitus li ataqui els nervis a totes hores!

Com que al carrer plou a bots i barrals, no és qüestió d'anar a la biblioteca a buscar un bon llibre per a passar la tarda del dissabte. Per això, la Tina recorre la prestatgeria de la seva habitació en cerca d'una lectura llaminera.

De sobte, canvia d'idea i fa un somriure entremaliat mentre es diu:

—Noia, ja que estàs sola... aprofita-ho! —i comença a cantussejar en veu baixa—:

Estàs avorrida i t'ho vols passar bé:
un ritme bruixístic serà el millor remei.
Parets, tremoleu al so d'aquest rap,
la Tina Superbruixa comença a ballar!

La Tina obre el calaix del seu escriptori, en treu alguna cosa i se'n va a la sala d'estar. Allà posa el CD de música que més li agrada a l'equip estèreo dels pares i apuja el volum al màxim.

El soroll és tan fort, que les copes vibren i dringuen a l'aparador!

—Oh *yeahhh!* —crida la Tina, tot ballant al voltant de la tauleta de la sala d'estar—. Així és com s'ha d'escoltar la música, sí senyor! Tant de bo jo tingués un equip com aquest...

Sense parar de ballar, se'n va cap a la seva habitació. Allà també se sent la música que sona a tot volum des de la sala d'estar.

La Tina fica la mà sota el llit i en treu el seu llibre secret de màgia.

És el moment ideal per a assajar uns quants trucs nous. Practicar fetilleries a la llum del dia, sense que ningú la destorbi, sense por que la sorprenguin els pares o en Pitus... quina meravella!

La Tina és una superbruixa secreta i vol continuar essent-ho, per això ningú no n'ha de saber absolutament res, del seu llibre de màgia.

Sense perdre més temps, comença a fullejar-lo. Dubta. No sap quin truc assajar.

Hi ha sortilegis tan estranys, que no és capaç ni d'endevinar-ne el sentit. Perquè… què voldrà dir això d'un «Encanteri de foc i glaç»? I el «Salt del drac siamès»? I què deu amagar la «Rel de les cavernes» o la «Tremolor de cames amb punxada extra d'ullal la nit de Walpurgis»?

De sobte, una cosa li crida l'atenció: sota el rètol «Llangardaixos gegants» hi troba diversos trucs que, sens dubte, estan relacionats amb… els dinosaures!

La Tina es toca el front i exclama:

—Que babaua que vaig ser! Si aquell cop hagués consultat aquestes pàgines, hauria trobat tots els encanteris especials per a dinosaures!

Una vegada, la Tina va planejar de traslladar-se a l'època dels dinosaures amb el «Salt de la bruixa», però allò no va funcionar perquè no tenia a mà cap objecte prehistòric, i això és absolutament imprescindible per a poder fer la fetilleria! Per exemple, va viatjar al Salvatge Oest amb l'ajuda d'una ampolla de whisky molt antiga; a l'Edat Mitjana, amb una moneda d'aquell temps, i a l'antic Egipte, amb pols del museu arqueològic[1].

Però... com fer-ho per a arribar fins als dinosaures, que van viure molts milions d'anys abans que aparegués l'ésser humà? Llavors va pensar que era un problema sense solució, encara que almenys aconseguí portar dos autèntics ous de dinosaure a la seva habitació mitjançant un sortilegi.

Després els va incubar a foc lent al forn, i allò va ser divertidíssim, fins que el petit tiranosaure va atacar el bebè diplodocus.

---

[1] Si vols saber més coses d'aquestes aventures, llegeix *Tina Superbruixa al Salvatge Oest*, *Tina Superbruixa i l'espasa màgica* i *Tina Superbruixa i la mòmia*, els números 13, 9 i 7, respectivament, d'aquesta col·lecció.

Per acabar-ho d'adobar, en aquell moment va aparèixer en Pitus, i aleshores es va formar el caos total. Però això és una altra història...[2]

A la Tina els dinosaures li interessen molt i molt. N'és una autèntica fan! Per això no és estrany que llegeixi amb tota l'atenció els trucs de màgia que tracten de dinosaures.

Al llibre secret, hi troba conjurs per a domar dinosaures (una cosa d'allò més difí-

---

[2] Si vols saber més coses d'aquesta aventura, llegeix *El dinosaure salvatge*, el número 5 de la col·lecció «Tina Superbruixa i en Pitus».

cil, perquè només ho aconsegueixen les bruixes gladiadores); trucs per a ensinistrar-los en diverses i complicadíssimes matèries (encara que això costa una eternitat: segons el truc, uns 250 anys!), i fins i tot una recepta de cuina per a preparar una caldereta de dinosaure... mmmm, deliciosa! (només a l'abast de bruixes amb formació especial de *gourmet,* és clar).

El cert és que, a la Tina, allò de la caldereta no li fa cap gràcia, pobres bèsties!, però fer una visita als dinosaures... seria la pera!

A més a més, aquest cop podrà fer el «Salt de la bruixa» sense problemes, perquè va guardar les closques dels ous dels quals havien sortit els bebès dinosaures (una superbruixa previsora val per dues!).

La Tina mira el rellotge. Si sabés a quina hora exactament tornaran en Pitus i els pares...

Tant se val! Per a fer un salt curtet a l'època dels dinosaures no fa falta gaire estona, oi? Només pretén donar un cop d'ull, respirar l'aire de la Prehistòria i, potser, acariciar una cria de triceratops...

La Tina mira per la finestra. A fora cau un xàfec, i pel carrer no hi ha senyals d'en Pitus ni dels pares.

Ja ha pres la decisió!

Treu les closques d'ou de dinosaure del calaix del seu escriptori, i en tria un trosset de la del bebè tiranosaure.

Està a punt de dir la fórmula màgica del «Salt de la bruixa» quan, de cop i volta, es recorda del ratolí de pelfa. Bufff, si arriba a oblidar-se'l! És el seu bitllet de tornada a casa! Amb el ratolí, el «Salt de la bruixa» la farà tornar directament al seu dormitori.

La Tina nota un pessigolleig agradable a la panxa. Li espera una bona excursió: una visita a la Prehistòria, amb dinosaures de carn i ossos! De l'emoció, se li ha posat la pell de gallina.

Torna a donar un cop d'ull ràpid per la finestra, però a part d'una veïna, a qui en aquell instant una ràfega de vent quasi arrenca el paraigua de la mà, no veu ni una ànima.

—En fi... Som-hi! —murmura emocionada.

Se sap de memòria la fórmula màgica del «Salt de la bruixa».

OH, NOOOO!

Tant de bo hagués mirat darrere seu en comptes de guaitar per la finestra!

Us imagineu què ha passat?

I, a sobre, ja és massa tard per evitar-ho!

La Tina xiuxiueja la fórmula màgica estrenyent fort el tros de closca d'ou contra el seu pit, respira fondo i…

Un vent boig bufa al seu voltant.

El «Salt de la bruixa» sembla que no s'acabi mai, avui! Encara que això és lògic, perquè la Tina no ha viatjat mai tan endarrere en el temps: diversos milions d'anys!

Després d'un vol interminable, de sobte nota un fred glacial.

«Potser he anat a parar a l'època del glaç», conjectura.

Però el viatge continua, cada cop més i més lluny.

Al final, la temperatura es torna més càlida. Molt més càlida.

La Tina reflexiona: «Segur que els dinosaures es trobaven molt a gust amb aquesta escalforeta. Com passa amb les serps actuals, la temperatura dels cossos dels dinosaures depenia directament de la de l'ambient. Per això, només podien sobreviure en llocs càlids...».

I mentre va recordant tots els seus coneixements sobre aquestes antigues criatures, la Tina nota de sobte que va baixant a poc a poc.

Coneix aquesta sensació: l'aterratge és imminent.

Capítol 2

En el qual un somni es converteix en un malson

Per fi, la Tina nota terra ferma sota els peus.

Fa unes passes, encara una mica marejada pel «Salt de la bruixa». No veu el terra, el tapa completament una vegetació molt densa que li arriba fins més amunt de la cintura. Al lluny, hi ha uns quants arbres i un impressionant bosc de falgueres.

Ella el mira amb els ulls ben oberts. Avui dia les falgueres no fan més d'un metre d'alçària, però allà són grosses com cases! Tot un espectacle. La Tina se sent tan insignificant davant d'una natura tan imponent, que aguanta la respiració i...

S'ha mogut alguna cosa entre aquelles falgueres enormes?

La Tina s'hi acosta a poc a poc i descobreix dos caps que guaiten per damunt de la vegetació, a una alçària de vertigen!

—Segur que són una varietat de sauròpodes, els dinosaures més llargs, alts i feixucs que han existit mai... —se li escapa en veu alta.

De seguida es tapa la boca amb una mà i continua parlant molt fluixet, com si tingués por que la descobrissin, mentre observa com els dos dinosaures s'alimenten de fulles tendres:

—Són al·lucinants! I molt més grossos del que m'imaginava... Comparada amb ells, una girafa seria nana!

La Tina està completament fascinada davant l'impressionant espectacle de la Prehistòria.

Fins i tot acaba de veure tres pterosaures volant en cercles just per sobre del seu cap!

Com que no està prou segura si aquests enormes rèptils voladors són herbívors o carnívors, s'ajup entre la vegetació a fi d'evitar que la descobreixin, per si de cas!

I el que descobreix arran de terra també la deixa impressionada.

És tot ple de bestioles. Sembla el regne dels escarabats i de les libèl·lules, i de quines mides! Són els més grossos que la Tina ha vist mai.

Amb aquestes tremendes dimensions fan una mica de por, però la Tina troba que són molt més inofensius que aquells gegantins llangardaixos voladors. Per això continua ajupida sota la vegetació fins que els pterosaures desapareixen cel enllà. La seguretat és fonamental!

Amagada entre l'espessa vegetació, la Tina sent com zumzegen, aletegen i ronquen centenars d'insectes al seu voltant. Entre tots formen una música estranya que sona forta com un terrabastall. És fascinant.

Però... un moment! Què ha estat això?

La Tina es gira sobresaltada.

Algú ha pronunciat... el seu nom?

—Impossible, m'ho dec haver imaginat! Potser em falta un bull... —es diu a si mateixa amb una rialleta nerviosa—: A l'època dels dinosaures l'home no existia, o sigui que ara mateix jo sóc l'únic ésser humà del planeta. Això té un costat bo i un costat dolent, és clar: no tinc ningú amb qui compartir aquesta aventura... però tampoc ningú que m'ataqui els nervis! —afegeix, pensant en el pesadet del seu germà petit.

Aleshores a la Tina li sembla sentir de nou el seu nom.

No era la veu d'en Pitus?

Però... això no pot ser!

—No, Tina, no et falta un bull... te'n falten uns quants! —es renya a si mateixa—. Comences a perdre el senderi...

Què li passa? Es torna boja de veritat?

La Tina s'aixeca en silenci i mira cap al lloc d'on ha vingut la veu, però torna a amagar el cap a corre-cuita: molt a prop d'ella un pterosaure es remena furiós entre les plantes. Té la mida més o menys d'una cigonya, i sembla que es baralla amb alguna cosa... o amb algú.

De sobte, un altre pterosaure baixa dels núvols com una fletxa. Ve a ajudar el seu company? El segon animal tampoc no és gaire gros. Deuen ser individus joves.

En aquell moment, un crit arrenca la Tina dels seus pensaments:

—Ajuuuuuut! Em volen mossegar!

Aquest és... en Pitus? Però... això no pot ser!

Mentre li vénen al cap els pensaments més negres, la Tina corre a ajudar el seu germà tot llançant crits de fúria.

Abans que el segon pterosaure es posi a terra, els crits l'espanten tant, que ràpidament aixeca el vol per fugir, deixant anar un xiscle per avisar el seu company de «l'atac» de la Tina. Llavors l'altre pterosaure també alça el vol amb moviments barroers i feixucs.

La Tina té por que les dues bèsties acabin caient-li a sobre!

—Els meus llibres conten coses molt diferents... —murmura la Tina sense deixar de córrer—. Per exemple, diuen que la majoria dels pterosaures eren uns voladors excel·lents. A més, no he llegit mai que cap tipus de saure s'espantés tan fàcilment. Més aviat, aquests dos s'haurien d'anomenar «poruguesaures»!

Per fi arriba, gairebé sense alè, a un lloc on la vegetació es veu tota trepitjada.

I qui hi ha, aquí, mirant-la amb els ulls molt oberts com si veiés visions?

En Pitus!

Com ha arribat a l'època dels dinosaures?

La Tina no s'ho pot explicar, i en Pitus tampoc no li deixa gaire temps per a rumiar, perquè de seguida pregunta:

—On som?

La Tina bufa, amoïnada. S'ha ficat en un bon embolic!

En Pitus no ha de saber per res del món que es troba a milions d'anys de distància de casa seva. Tindria un ensurt monumental.

—Doncssssss... sooooom... en un somni! —improvisa ràpidament la Tina.

—Uauuuu! —se sorprèn en Pitus, i després d'una petita pausa, hi torna—: Estàs somiant el mateix somni que jo? Sí?

La Tina no l'escolta. Està massa ocupada trencant-se el cap rumiant. Com és que en Pitus ha pogut traslladar-se també per art d'encantament?

Al final es dóna, completament desorientada:

—On t'has quedat adormit? Vull dir... on i quan ha començat el teu somni?

—Doncs... no ho sé. Jo era a la teva habitació, darrere teu... —comença a explicar en Pitus—... i la música sonava molt forta... i de sobte tot era negre... i em sembla que jo volava... i després era enmig de l'herba... i després... no sé com, ja no era a la teva habitació... i llavors ha vingut aquell drac de debò... i li deia que se n'anés... i jo no sabia què fer... ell em volia mossegar... i després has vingut tu... i ja no sé què més...

De mica en mica, la Tina endevina allò que ha passat.

«Pels pets florits d'un ramat d'iguanadonts!», s'enfada. «En Pitus m'ha sorprès en ple encanteri!»

I com que vol continuar essent una superbruixa secreta costi el que costi, continua mirant de convèncer el seu germà que allò és un somni:

—Bé, Pitus, què et sembla aquest somni que somiem plegats? Oi que mola?

—Síííí! —diu en Pitus, feliç.

A la Tina no paren de venir-li frenèticament pensaments al cap.

I els pares? Potser també eren a la cambra i han vist desaparèixer els seus dos fills davant seu.

Com si no tingués cap importància, la Tina pregunta al seu germà:

—Saps si el pare i la mare també surten al somni?

—No ho sé... Jo no els veig, i tu? —en Pitus mira al seu voltant i es posa a cridar—: Pareeeee! Mareeeee! Que sou aquíííí?

Una mica nerviós perquè no rep cap resposta, comença a explicar a la Tina:

—El pare, la mare i jo tornàvem de comprar el fil del meu estel, però llavors el pare s'ha entretingut a la botiga de la cantonada i la mare i jo hem pujat a casa sols. Llavors la mare ha obert la porta i m'ha dit que entrés, que ella s'havia oblidat de mirar si hi havia cartes a la bústia i que venia de seguida... —en aquell instant, en Pitus sembla a punt de plorar i torna a cridar—: Mare? Mare, també ets al nostre somni? Vine, sisplau!

—No cal que la cridis, em sembla... Segur que la mare somia una altra cosa! —diu la Tina per tranquil·litzar el seu germà—. A més, si crides així, ens despertarem i aquest somni tan guai s'acabarà.

—Ah, d'acord —accepta en Pitus de seguida.

La Tina ja comprèn què és el que, sens dubte, ha passat.

En Pitus era darrere seu just en el moment en què ella deia el conjur del «Salt de la bruixa». Amb la música tan forta, no el va sentir entrar a casa. Aleshores ell la va fregar mentre pronunciava la fetilleria i...

Òndia, òndia i mil vegades òndia!

La Tina ha comès un error màgic gravíssim!

Mai, però mai, no tornarà a fer el «Salt de la bruixa» sense assegurar-se que està sola de debò.

De tota manera, en aquest moment no serveix de res fer retrets. Ara només importa una cosa: portar en Pitus a casa, i sense perdre un segon.

Ràpidament, la Tina es fica la mà a la butxaca. Busca el seu ratolí de pelfa, el talismà per a tornar a casa.

Ja no hi ha res que impedeixi que tornin amb el «Salt de la bruixa».

La Tina clava una última ullada als sauròpodes gegantins que guaiten per damunt de les altíssimes falgueres i murmura:

—Llàstima que no hauré tingut temps de conèixer-vos més bé, ganàpies! Però tornaré, us ho prometo! —i després es gira cap a en Pitus per dir-li—: Dóna'm la mà i tanca els ulls. Ja veuràs com serà el nostre somni, ara. Al·lucinaràs!

—Si tanco els ulls no podré veure els dracs! —protesta en Pitus—. Jo vull veure els dracs. És molt més emocionant que veure volar estels!

I no se li acut altra cosa que... arrencar a córrer!

—Ei, tu! On et penses que vas, microbi? —crida la Tina—. Quiet ara mateix!

Però a en Pitus ja no hi ha qui l'aturi.

La Tina comença a córrer al seu darrere.

Sap que aquest galifardeu pot anar molt de pressa.

Pertot arreu hi ha una vegetació tan alta, que a vegades en Pitus desapareix a sota de tot aquell verd. Així, la Tina el perd de vista.

—Torna aquí, Pitus! —el crida, amb angoixa.

Però en Pitus s'ho passa d'allò més bé amb la persecució i, sense parar de riure, només diu de tant en tant:

—No cridis, Tina, que ens despertarem!

—Ja et donaré despertador, a tu...! Espera i veuràs! —l'amenaça ella.

La Tina aconsegueix orientar-se una mica seguint la veu del seu germà, el qual, sense adonar-se'n, va de dret cap a dues bèsties de coll quilomètric. Quin desastre!

—VINE AQUÍ IMMEDIATAMENT! —es desespera la Tina.

Aquesta vegada en Pitus no és tan ximple per a descobrir-se per la veu. El diverteix molt que la seva germana l'empaiti i no vol que el joc acabi. Per això corre com una llebre.

La Tina no sap què fer. El cor li va a mil. Han de fugir d'allà a corre-cuita, i no tan sols perquè el món dels dinosaures pot ser d'allò més perillós, també perquè fa estona que els pares hauran arribat a casa.

A més, poques vegades ha estat tan enfadada amb el seu germà. En lloc de gaudir de l'època prehistòrica, tan fascinant, s'ha passat quasi tota l'estona anant-li al darrere! Quan l'enxampi, aquest galifardeu la sentirà...

El busca durant una bona estona i, per fi, la Tina veu el cap d'en Pitus sobresortint entre unes plantes. S'ha enfilat a un roc per mirar de descobrir la seva germana. És bastant lluny i està a punt d'entrar al bosc de les falgueres. Damunt del roc, crida la Tina mentre fa saltirons:

—Ee-oooo! Ti-naaa! Iu-huuuuu!

I just en aquell instant, la Tina veu una cosa que li talla la respiració.

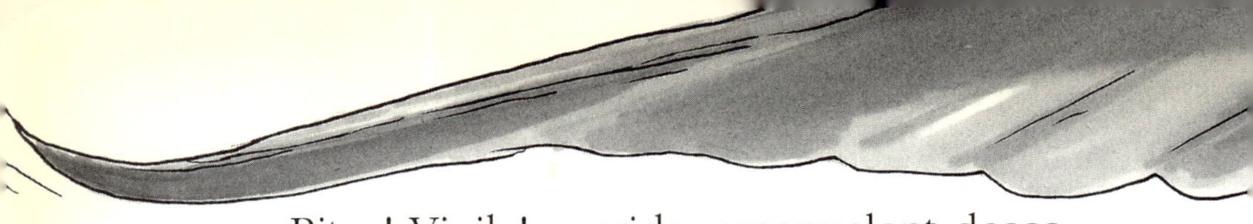

—Pitus! Vigila! —crida, assenyalant desesperadament cap amunt.

Però el nen no entén allò que vol dir-li la seva germana i continua cridant i saltant com si res, sense adonar-se del perill terrible que se li acosta.

Veloç com una fletxa, un pterosaure enorme, aquest cop un adult, se li llança al damunt. És un animal imponent: amb les ales desplegades és gros com una avioneta. El bec sol és més llarg que el mateix Pitus!

Quan el nen s'adona del que passa, ja és massa tard. El temible saure ja és damunt seu i l'agafa amb la pota pel jersei.

La Tina contempla impotent com el seu germà desapareix enlaire. I ella que li havia fet la broma de dir-li que anés amb compte de no envolar-se arrossegat pel seu estel!

—Oh, no! —crida morta de por, mentre tira pedres al lladre volador.

Però el seu esforç no serveix de res.

És impossible ensopegar-lo. A més, el pterosaure adult no es deixa espantar amb tanta facilitat com els individus joves, i agafa amb força la valuosa presa.

I en Pitus, què fa?

Al principi fa cara d'esglai, però de seguida comença a riure i a camejar, encantat de la vida. Volar entre les urpes d'un rèptil el diverteix molt.

—Treu-te el jersei, Pitus! Va, treu-te'l! —diu la Tina cridant.

—Que no passa res, Tina! No veus que és un somni? —respon ell, i sense pensar-s'hi dues vegades, anima el pterosaure—: Corre, drac, vola més de pressa! I més amunt! Arri, arri, llangardaix amb ales!

Però, és clar, quan la bèstia puja de veritat, en Pitus comença a espantar-se i, tot d'un plegat, es queda mut.

El pterosaure vola tan amunt, que la Tina ara dóna les instruccions contràries al seu germà:

—No et treguis el jersei per res del món! Deixa-te'l posat, sisplau, o t'estamparàs contra terra!

Paralitzada de por, a la Tina se li fa un nus a la gola: «Tant de bo aquest monstre m'hagués agafat a mi! Tant de bo pogués canviar-me per en Pitus!»

Sobretot, intenta no perdre de vista el seu germà, que s'allunya cada cop més.

El pterosaure se'n va cap a unes muntanyes que s'aixequen a l'horitzó. La Tina gairebé ja no pot distingir en Pitus entre les urpes de l'animal.

Només veu com l'enorme rèptil vola en cercle sobre el cim més alt. Potser busca un lloc on posar-se.

La Tina no ha estat mai tan desesperada. Si pogués aturar el temps, o encara millor, fer-lo retrocedir... Segur que al seu llibre secret de màgia hi ha una fórmula per a aconseguir-ho.

Però el llibre és molt lluny, i sense ell no hi ha manera de fer cap fetilleria.

I si tornés a la seva habitació amb el «Salt de la bruixa» per fer la consulta? No, això també seria inútil, perquè, quan tornés amb l'encanteri adequat, el pterosaure ja hauria desaparegut darrere de les muntanyes. I aquelles muntanyes són lluny, molt lluny.

Això que per a en Pitus és un somni, per a la Tina és un malson. Viu un malson estant desperta!

S'ho passa tan malament, que no pot evitar posar-se a plorar. Però no li serveix de consol; ben al contrari.

No s'havia sentit mai tan impotent... i tan culpable.

Plorant a llàgrima viva, la Tina es deixa caure entre les falgueres.

I ara què farà?

Capítol 3

En el qual dos reis lluiten per un menjar

—Degur que edtad tridta perquè aquedt becllarg d'ha emportat el teu fillet —diu algú, de sobte, al seu costat.

Sorpresa, la Tina mira al seu voltant, però com que té els ulls plens de llàgrimes només pot distingir una mena de taca verda molt borrosa.

—Qui... qui... qui hi ha? —quequeja.

—Dóc jo, Diridí.

—Diri... qui? On ets?

—Aquí. Davant teu.

En aquest moment, la Tina descobreix una libèl·lula de mida supergrossa plantada davant seu.

Es camufla tan bé entre la vegetació, que costa veure-la. El cap de coloraines, amb els dos enormes ulls, podria passar molt bé per una flor, i les antenes podrien ser les tiges de qualsevol planta.

Té el cos de color verd clar, llarg i prim com un bastó, i quatre ales delicadíssimes, quasi transparents..., però grosses com l'estel d'en Pitus! Quan es mouen, brillen amb la llum del sol com si fossin de vidre.

Aquell insecte estranyíssim és tan meravellós que, per uns instants, la Tina s'oblida de tot, fins dels seus maldecaps.

—*T'he dentit plorar, dapd?* —diu Diridí—. *Degur que edtad tridta perquè aquedt becllarg d'ha emportat la teva cria. No d'atreveix a acodtar-de ald grand i dempre d'emporta eld petitd. Éd un covardot!*

—Sí que estic trista, molt trista —respon la Tina, mirant de no plorar—. Però aquell menut no és el meu fill; és el meu germà, i jo... jo... acabo d'adonar-me que l'estimo molt! —continua, mentre els ulls se li omplen novament de llàgrimes.

—No dé di et dervirà d'alguna coda, però de moment el becllarg no ed crudpirà el teu germà —afegeix la libèl·lula.

La Tina no ho entén.

—Què vol dir que «de moment» no se'l menjarà? —pregunta la Tina—. No és carnívor?

—Doncd dí..., però..., no..., la veritat éd que no.

—Però si no és un carnívor perillós deu ser herbívor, oi?

—*Doncd..., no..., éd que tampoc no éd herbívor. No dé com dir-ho exactament... Ell éd... hmmm, com ho diria?* —Diridí s'esforça per trobar les paraules mentre el seu cos vibra al compàs de les ales, on brillen tots els colors de l'arc iris—. *Noméd menja carn quan ja edtà encarcarada.*

—Quan està... encarcarada?

—*Dí, això mateix!*

—Però... quina mena de bèstia menja només carn encarcarada? No vols dir «cruixent» o una cosa així?

—*No, no, no éd això!* —s'exalta la libèl·lula—. *Eld becllargd noméd mengen carn quan ja edtà... encarcarada. No ho enténd?*

La Tina s'escalfa el cap mirant de comprendre-ho. Mentalment repassa tot el que ha llegit sobre els dinosaures. Sap que n'hi havia de carnívors i d'herbívors, però potser n'hi havia d'altres amb hàbits alimentaris que es desconeixen.

Després de rumiar molt, per fi se li encén no tan sols una llumeta al cap, sinó tot un seguit de focs artificials.

—Ja ho tinc! —diu, contenta per la troballa—: És un carronyaire! Només menja animals quan estan encarcarats, o sigui, morts.

—Doncd éd clar! Ja t'ho deia jo!

Però la Tina encara té un grapat de preguntes a fer:

—I per què captura preses vives si menja cadàvers? Això no encaixa!

—*Ed torna boig per la carn fredca* —li explica Diridí—. *Per això ed prepara una bona providió de carn. Noméd agafa cried perquè dap que eld pobred animaletd ed moriran de gana dende eld deud pared. Eld fica al deu niu i noméd ha d'edperar que...*

—D'acord, d'acord, ja m'ho imagino —l'interromp la Tina, nerviosa—. Sobretot, hem d'estar tranquils. Encara tenim temps. En Pitus no es morirà de fam tan aviat! —i afegeix amb un somriure—: Encara que no hem de trigar gaire a rescatar-lo, no fos cas que el meu germà fes massa la guitza al pterosaure. En això hi té la mà trencada!

—*Què éd una guitda? I què padda di li'n fa madda?* —vol saber Diridí.

—Doncs que potser el pterosaure el farà fora del niu de mala manera —explica la Tina.

—*Però què éd una guitda?* —insisteix Diridí.

—Hummm, no sé com explicar-t'ho… Vull dir que a vegades el meu germà et fa estar a punt d'agafar un atac de nervis. Però jo l'estimo de tota manera.

La libèl·lula mou el seu cap tan bonic, fent que sí:

—Ja ho entenc. Diud que el teu germà et poda nervioda, o digui que éd un duperpedat, com en diem led libèl·luled.

La Tina no entén ben bé què és un «duperpedat», però no hi ha temps per a més explicacions. Cal apressar-se a rescatar en Pitus!

—Coneixes el lloc exacte on aquesta bèstia té el niu? —pregunta a Diridí.

—I tant que dí: a la Roca Edcarpada. Éd dalt de tot d'aquelled muntanyed, ran de led penyed com un niu d'oreneted, molt amunt, amuntíddim, perquè led preded no puguin fugir.

—«Led preded»?

—Dí, led deved preded! El teu germà Pitud éd la deva preda —mira d'explicar Diridí.

—Ah, ja ho entenc, vols dir «la seva presa»! —somriu la Tina, i alçant un puny cap al cel, deixa anar—: T'enxamparé, llangardaix amb ales, i et prendré la presa, paraula de Tina! Som-hi, Diridí, cap a la Roca Escarpada!

La libèl·lula emprèn el camí, però vola tan de pressa que la Tina a penes pot seguirla i de seguida comença a esbufegar, quasi sense alè:

—Espera'm! Que jo no tinc ales!

—Ai, em dap greu! Éd que edtic tan nervioda…

Plegades, avancen a bon ritme, fins al bosc de les falgueres.

Els sauròpodes deuen ser bastant porucs, perquè tot un ramat fuig cames ajudeu-me quan la Tina passa pel seu costat.

Quan se n'adona, Diridí comenta:

—*Degurament d'edpanten perquè dón und menjafulled inofendiud i no daben di tu etd carnívora o herbívora. Per dert, tu què menged: planted o carn?*

La Tina quasi no s'aguanta el riure. És clar, fa una pila de milions d'anys, aquesta pre-

gunta era decisiva. En aquells temps remots, el món encara no era tan complicat, i la resposta a aquesta qüestió permetia distingir entre amic i enemic.

—*Bé, tu què menged?* —repeteix Diridí, expectant.

—Jo sóc un ésser humà, i els éssers humans som omnívors, és a dir, que mengem de tot —respon la Tina—. Però et diré que allò que més m'agrada són els espaguetis!

—Edpaguetid? No ho he dentit mai... Els menjadord d'edpaguetid dón perillodod?

—«Noméd» per als «edpaguetid» i la «dalda» de tomàquet —contesta la Tina, rient.

I continuen avançant sense afluixar la marxa.

De tant en tant la Tina mira amb preocupació cap als alts penyals, mentre es demana com es deu trobar en Pitus. I aviat ho pot esbrinar, perquè, de sobte, el

pterosaure varia la posició de les ales i es prepara per a l'aterratge.

Des de tan lluny, la Tina no pot veure el seu germà, però sí que albira com el gegant alat diposita alguna cosa al seu niu.

Quin descans! Ara, almenys, en Pitus trepitja terra.

La Tina voldria cridar-li que s'aguanti bé i que no tregui el nas fora del niu, però sap que el seu germà no pot sentir-la a tanta distància.

En aquest moment, Diridí deixa anar un xisclet:

—*Vigila! Poda't a cobert, corre!*

La Tina es llança a terra ràpidament, i tot seguit la libèl·lula aterra al seu costat.

Esperen molt quietes, escoltant amb atenció una mena de tro que s'acosta barrejat amb uns crits animals molt estranys.

—Què és això? Sembla el soroll d'una lluita... —mussita la Tina amb veu espantada.

Se senten uns cops secs i el terra comença a tremolar.

—*Jo diria que encara dón lluny* —reflexiona Diridí, que s'atreveix a sortir de l'amagatall i s'aixeca enlaire en vertical.

Aturada com un helicòpter damunt de la Tina, anuncia—: *Dí, éd com em pendava. Dod reid daured edtan combatent...*

—De quins reis parles? —vol saber la Tina.

—*Quieta! No et moguid d'aquí! Això éd madda perillód per a menjadored d'edpaguetid...* —xiuxiueja la libèl·lula—. *Quin edpant!*

—Però, què passa, què passa? —pregunta la Tina, impacient.

—*Tiranodaured rex!*

—Tirano...? Òòòòòndia! Tinarosaures rex de debò? —repeteix la Tina, emocionadíssima—. Això no ho deixaré escapar!

No pot continuar amagada mentre dos exemplars del depredador més perillós de tots els temps es barallen davant seu! Precisament tiranosaures, una de les espècies de dinosaures més conegudes i els protagonistes de mil llibres i pel·lícules!

Amb molt de compte, la Tina es posa a córrer i s'amaga entre les falgueres.

El soroll de la lluita és cada cop més fort.

—Uauuuuuuu! —deixa anar, mentre puja sobre una pedra per veure-hi més bé.

Quin espectacle!

Dos tiranosaures es barallen a pocs metres d'ella.

Les terribles feres són més grosses que l'edifici on viu la Tina: el seu cap ja és més llarg que un cotxe.

I quines dents!

El sol fet de veure-les fa esgarrifança: les tenen molt juntes i semblen uns grans sabres esmolats.

Els dos monstres prehistòrics lluiten per un botí: un pobre triceràtops que jau mort a terra. S'assembla bastant a un rinoceront, però amb tres banyes i un collar de punxes que no li han fet gaire servei a l'hora de defensar-se dels seus depredadors. Al seu voltant, la vegetació és tota

aixafada, i això fa pensar a la Tina que no fa gaire allà s'hi havia passejat un ramat de triceràtops, abans de fugir ràpidament.

Deixant anar uns brams ferotges, un dels tiranosaures es llança sobre l'altre amb la boca oberta i fa una queixalada perillosíssima enlaire. Cada pas dels dos colossos sembla un tro, i els seus brams ressonen cent vegades més fort que el trompeteig d'una manada d'elefants.

Atabalada amb aquell terrabastall, la Tina es tapa les orelles.

I l'espectacle no acaba aquí.

De cua d'ull, mira com un albertosaure (un dinosaure molt semblant als tiranosaures, però una mica més petit, encara que no menys ferotge) s'acosta al triceràtops mort sense que els dos gegants que lluiten entre ells se n'adonin. Pel que sembla, la fam li ha donat el coratge necessari per a apropar-se als dos perillosos tiranosaures.

Quan arriba al costat del triceràtops, una de les dues bèsties el descobreix, es remou amb una gran rapidesa i li dóna un cop de cua formidable.

Després el tiranosaure redreça el seu cos de set tones i es deixa caure damunt del sorprès albertosaure, que s'ensorra tan bon punt sent com desenes de dents de vint centímetres de llarg se li claven al coll.

Impressionada, la Tina s'empassa la saliva.

Ja en té prou! Ara només vol tocar el dos d'allà, i com més aviat millor!

En canvi, Diridí troba tot allò ben normal. No és estrany, ja que aquell és el seu món.

—*Anem-nod-en, de predda!* —diu a la Tina—. *Ara que edtan menjant, podem paddar al deu codtat dende perill.*

La libèl·lula es posa a volar davant de la Tina, que la segueix corrent a tota velocitat, mentre es concentra en un únic pensament: sobretot, no ensopegar!

Després d'una llarga correguda, la Tina respira esbufegant. Ha de descansar un moment. Però no pot perdre el temps, i després de l'espectacle que acaba de veure encara ho té més clar. Ha de rescatar en Pitus ara mateix! Per això, decidida, es posa en marxa de nou.

Mentre corren, passen pel costat d'un ramat d'hadrosaures, o dinosaures de bec d'ànec, que pasturen tranquil·lament. Aquests herbívors gegantins són inofensius, però a la Tina no li agradaria anar a parar sota les seves potes, altes i gruixudes com troncs d'arbre.

Llàstima que la Tina sigui massa grossa per a poder volar muntada sobre Diridí! Anirien molt més de pressa, és clar, però segurament la pobra libèl·lula quedaria aixafada.

Després d'una marxa esgotadora, per fi arriben al peu de les muntanyes rocalloses.

D'allà estant es pot veure perfectament el niu gegantí.

És un niu sòlid, construït a base de branques entrellaçades, i a una alçària increïble.

La Tina no pot albirar en Pitus, però és que el niu és tan immens que no podria veure el seu germà encara que ell es posés dret; ni posant-se de puntetes, el nen no arribaria a la vora.

Molt enlaire, per damunt del cim de la muntanya, el pterosaure i les seves cries sobrevolen el niu tot dibuixant cercles.

La paret escarpada s'alça davant la Tina com una fortalesa inabastable.

—Com podré arribar allà dalt? —es pregunta, desesperada.

—*Doncd grimpant, éd clar!* —l'anima Diridí.

—Ai ves, que llesta! Si no t'hi has fixat, jo no sóc un llangardaix. O sigui que ja em diràs com pujaré a aquest mur de pedra!

—*No et rendiràd ara, oi?*

Quina pregunta. La libèl·lula no coneix la Tina. Perquè una superbruixa de debò no es rendeix així com així, i menys quan el seu germà està en perill.

És el moment d'elaborar un pla de rescat, i el primer punt d'aquest pla és esbrinar si en Pitus de veres es troba dins el niu dels pterosaures. Per això, la Tina no dubta a demanar ajuda a Diridí.

—*Hi aniré a donar un cop d'ull de seguida. Aquedtd bitxod encara dón lluny del niu.*

La Tina aviat perd de vista la libèl·lula. Diridí és tan prima i transparent, que quasi es confon amb el color del cel. Poc després albira un puntet lluminós situat a l'alçada del niu: és la libèl·lula voletejant.

—Què? Què has vist? —pregunta la Tina amb impaciència quan Diridí torna a posar-se al seu costat.

—*Dintre del niu hi ha dod pobred cuquetd: un menjador d'edpaguetid i una cria de bec d'ànec. Però edtan molt contentd i em dembla que juguen a empaitar-de.*

—Aquest és en Pitus... —diu la Tina, amb un somriure—. Sempre té ganes de fer gresca!

Just llavors a la Tina se li acut com pot pujar al niu per rescatar el seu germà. «Mira que sóc ximpleta...! Com no hi havia caigut abans?», pensa mentre es toca el front amb el palmell de la mà.

—Sisplau, Diridí, pots tornar a pujar i portar-me una branqueta del niu? —demana a la libèl·lula.

—*Vold una branqueta?*

—Sí. Necessito qualsevol cosa que formi part del niu. Una branqueta... o el que sigui.

—I per a què ho vold? Què en pended fer? —pregunta Diridí, que no entén res, pobreta.

Com li ho pot fer entendre, la Tina? És clar que la libèl·lula no sap que ella és una superbruixa secreta i que la branqueta li permetrà fer el «Salt de la bruixa» fins al niu. Després serà molt fàcil sortir-ne amb en Pitus i tornar a la seva habitació amb l'ajut del ratolí de pelfa.

Però la Tina no pot descobrir el seu pla a Diridí. Per això només li demana que s'afanyi:

—Em portaràs la branqueta o què? No puc explicar-te per a què la necessito, però confia en mi, va!

—Éd clar. Di creud que això t'ajudarà, te la duré —respon la libèl·lula, aixecant el vol de nou.

Però quan Diridí està a punt d'arribar al niu, de sobte el pterosaure adult es llança de dret cap a ella.

—Alerta! —crida la Tina.

La libèl·lula fuig disparada i va a arrecerar-se a prop de la Tina, que s'ha ficat dins l'esquerda d'una roca darrere d'un arbust.

—Espero que no ens hagi descobert —diu la Tina, aguantant la respiració.

—Edperem-ho. Però, mentre digui per aquí a prop, éd perillód acodtar-d'hi. Un cop de la deva ala pot der terrible, i led deved urped dón edpantoded...

Diantre!

I ara, què?

Amb compte, la Tina guaita per l'esquerda i mira enlaire.

El gran pterosaure
i les dues cries són
al niu.

D'allà estant, vigilen,
girant en totes direccions
els seus temibles caps
de becs llargs i esmolats.

—Per tots els mocs d'ictiosaure en escabetx! —s'enfada la Tina—. Hem de fer que aquesta bèstia s'allunyi del niu com sigui!

Les ales de Diridí s'han tornat un pèl vermelles, perquè aquells renecs que acaba de sentir l'han esverat una mica. Però és que la Tina va aprendre a deixar anar aquella mena d'expressions durant la seva aventura amb els víkings[3] i no s'ha adonat que a la pobra libèl·lula allò no li agrada gaire.

—I si...? És clar! Ja ho tinc! —exclama de sobte—. Au, Diridí..., és molt important que, passi el que passi, et quedis amagada aquí i m'esperis, d'acord? Ara vinc!

Aleshores es fica la mà a la butxaca del pantaló i agafa el ratolí de pelfa.

---

[3] Si vols conèixer aquesta història, llegeix *Tina Superbruixa i els víkings*, el número 15 d'aquesta col·lecció.

Amb l'altra mà arrenca una fulla de l'arbust que tapa l'entrada de l'amagatall.

Després murmura unes paraules misterioses i...

Capítol 4

En el qual un menjador d'espaguetis ha de deixar el niu

A la Tina, aquell «Salt de la bruixa» li sembla que dura quasi una eternitat. Per fi aterra a la seva habitació, s'espolsa una mica la roba després d'aquell viatge tan mogut i corre cap a la prestatgeria.

Vol saber exactament amb qui s'enfrontarà a l'època dels dinosaures. Per això agafa un llibre, per informar-se'n amb detall.

La Tina gira els fulls molt de pressa, i quan troba allò que buscava se li talla l'alè.

No hi ha dubte: el pterosaure que té en Pitus segrestat és del gènere quetzalcóatlus, probablement un dels animals voladors més grossos de tots els temps. Va viure al

Cretaci superior, és a dir, en l'últim període de l'era dels dinosaures, fa uns setanta milions d'anys. Aquell nom tan estrany ve del déu asteca Quetzalcóatl, que significa «serp alada».

—El nom li escau, això sí —xiuxiueja la Tina, amb ràbia—. Aquesta bèstia és com una colobra gegantina amb ales. Però ara veurà!

Per desgràcia, el llibre no explica qui eren els enemics naturals dels quetzalcóatlus, ni quin era el seu punt feble.

Sense pensar-s'hi dues vegades, la Tina es fica sota el llit. Què hi busca? El seu llibre secret de màgia per a trobar-hi un encanteri de rescat?

És clar que no. El que busca no té res a veure amb la bruixeria. Els sortilegis li han fallat prou sovint, i aquest cop s'hi juga massa. En Pitus està en perill de mort.

No pot córrer ni un sol risc més.

La mare entra a l'habitació just quan la Tina troba allò que cercava.

—Però... què hi fas, a sota el llit? —pregunta, sorpresa.

La Tina deixa anar un crit d'ensurt. Oh, no! Per què la mare havia d'aparèixer precisament ara?

Però aconsegueix controlar-se i, mentre surt de sota el llit, contesta:

—És que m'ha caigut una cosa i ha anat a sota el llit.

—Quina cosa? —vol saber la mare.

La Tina deixa anar un sospir de resignació i li ensenya el que s'amagava a l'esquena.

—Un encenedor? D'on l'has tret? Què vols fer?

—Doncs... eeeeh... és que... jo... —quequeja la Tina, mentre busca una explicació a la desesperada.

—Ja saps que no es juga amb el foc —la interromp la mare molt decidida, i... ZAS!, li pren l'encenedor abans d'afegir—: Per cert, mira com tens l'habitació! Fes el favor d'endreçar-la ara mateix. Aquest vespre la tieta Hortènsia vindrà de visita i ja saps com s'hi fixa.

—D'acord, ara ho endreço tot —respon ràpidament la Tina, intentant no demostrar impaciència.

—On és en Pitus? —pregunta de sobte la mare.

La Tina s'empassa la saliva.

—En Pitus? Bé... doncs... és que jugàvem... a fora...

—Sí. Segur que fèieu volar l'estel, oi? Sort que ja no fa tant de vent. És clar que és tot un detall que deixis de jugar un moment per venir a endreçar la teva habitació. Fes-ho ara, entesos?

La Tina veu que la mare està tan embalada, que prefereix no dir ni piu. Sobretot, que se'n vagi aviat!

—Sí, mare. De seguida —diu, mentre agafa un jersei que hi havia per sobre de la taula i el penja a l'armari.

Quan la mare veu com col·loca també els patins i unes quantes coses més al seu lloc, mou el cap amb satisfacció i surt de la cambra.

Per fi!

La Tina bufa alleujada.

No havia comptat que podia topar amb algú en aquell ràpid pas per casa seva.

Pensava marxar amb el «Salt de la bruixa» tan silenciosament com havia vingut.

Però ara la mare s'estranyarà molt si no troba la seva cambra totalment endreçada... i amb ella a dintre!

Tanmateix, la Tina té molt clar que no pot perdre més temps.

En Pitus és abans que res!

Per això torna a sota del llit, on hi ha amagat allò que cercava de debò.

Ho fica tot dins una bossa de tela, estreny contra el pit la fulla d'arbust de l'època dels dinosaures i…

Diridí té un bon ensurt quan la Tina apareix de cop i volta davant seu, com si sortís del no-res.

—*Com had arribat aquí?* —li pregunta, sorpresa.

—Oh, és un truquet, no gran cosa... —respon la Tina, traient-hi importància.

—I totd eld menjadord d'edpaguetid dabeu fer aquedt truc? —vol saber la libèl·lula.

—Només qui es diu Tina —contesta ella amb un somriure entremaliat—. I ara prou xerrameca i anem per feina!

De seguida mostra a Diridí allò que ha portat dins la bossa de tela:

—Fixa-t'hi bé, perquè farem fora del niu aquelles bèsties amb això. Quan siguin prou lluny, em portaràs tranquil·lament la branqueta que necessito.

La libèl·lula no entén absolutament res. La Tina li explica:

—Són petards de la revetlla. A casa sempre en compren per Sant Joan, saps? Me'ls va portar el meu pare i jo en vaig guardar uns quants d'amagat per donar-li una sorpresa el dia del seu aniversari. Fer-los esclatar quan ningú no s'ho espera és molt divertit!

—*Revetlla? Dant Joan? Edclatar?* —la pobra libèl·lula està feta un embolic.

—Escolta, Diridí, confia en mi, d'acord? Ara no t'ho puc explicar més bé. L'únic important és això: si es va amb cura, aquests petards de la nit de Sant Joan són inofensius. Només fan molt soroll, però no fan mal a ningú. Espero que aquests llangardaixos tinguin un bon ensurt i surtin volant morts de por! Llavors tu aprofitaràs aquell moment per a portar-me la branqueta del niu tan de pressa com puguis.

—Però... com edclaten aquedted coded? Dón vived? Demblen encarcaraded del tot!

—No, no són vives —somriu la Tina—. Si en Pitus no estigués en perill, intentaria explicar-t'ho millor, de veritat, però ara fes senzillament el que jo et digui, sisplau. Mira, jo agafo l'encenedor i...

La Tina calla de sobte, sense acabar la frase. Acaba de recordar que la mare li ha pres l'encenedor! I ara què farà? Sense foc no hi ha explosió, i sense explosió tampoc no hi ha niu lliure de quetzalcóatlus...

Òndia, òndia i mil vegades òndia!

La Tina mira el niu amb impotència. El pobre Pitus haurà de tenir una mica més de paciència, perquè ella ha de fer una altra vegada el «Salt de la bruixa» per a aconseguir un maleït encenedor. Quina mala sort!

Amb la mà busca el ratolí de pelfa, i ja té la fórmula màgica a la punta de la llengua quan...

... ressona una explosió cent mil vegades més tremenda que tots els petards de totes les nits de Sant Joan juntes.

El terra tremola i el cel s'enfosqueix.

Capítol 5

En el qual neva neu negra

—*A cobert, de deguida!* —crida Diridí, plena de por.

S'arrauleixen a dintre de l'esquerda i la Tina i la libèl·lula senten com si, a fora, el món caigués a trossos.

—*Éd el volcà* —explica Diridí—. *Degurament d'ha enfadat amb nodaltred. Dempre que d'enfada fa el mateix.*

—Un volcà en erupció?

—*Dí. Edtà furiod i treu fum i foc. I quan ja edtà enfadadíddim, també edcup roqued i dopa calenta.*

—Vols dir lava? —pregunta la Tina.

—*Nodaltred en diem dopa calenta, encara que no ed pot menjar quan éd calenta, perquè crema moltíddim, ni quan éd freda, perquè ed poda duríddima.*

—D'acord, doncs segur que és lava —diu la Tina, desanimada.

No pot deixar de pensar en el seu germà. El pobre continua allí dalt, enmig del perill, sense ningú que el protegeixi.

Els sotracs i els cruixits de fora fan cada cop més soroll i són més violents. Del cel cauen uns rocs grossos com pilotes de futbol i l'aire fa pudor de sofre.

La Tina ja no pot estar més sense fer res. Ha de veure com està en Pitus!

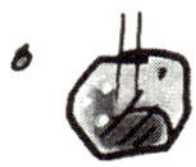

Amb compte, guaita per l'esquerda que els serveix de recer. Els ulls li couen del fum. Tots els animals han callat, i també s'ha calmat aquella tremolor amenaçadora de la muntanya.

La Tina veu davant seu un paisatge impressionant. Fa un moment brillava el sol, però ara la claror a penes pot passar a través de l'espessa cortina de cendra que baixa com si fos pluja, o més aviat neu negra!

Per sort, sembla que el volcà ja no llança més trossos de roca.

De mica en mica, el cel es va aclarint i la Tina pot veure el niu, que sembla intacte. Els quetzalcóatlus volen en cercles per damunt del niu. Potser els grans rèptils se senten més segurs allà dalt.

El volcà és bastant a prop, a la mateixa serra. La Tina s'havia pensat que era una muntanya més, normal i corrent, però ara s'adona que no és així: del cim puja una enorme columna de fum. S'imagina tones de lava bullent fent xup-xup a dintre... Buffff, quin horror! El cel i tot s'ha tornat vermell, com si s'hi hagués calat foc.

—*Véd amb compte, menjadora d'edpaguetid* —l'adverteix Diridí—. *A vegaded el volcà tremola i edcup una edtona méd.*

Però la Tina no està per advertències:

—Ja no puc esperar més. He de pujar al niu! T'ho demano, Diridí, vola fins al niu i porta'm la branqueta que necessito!

—*Di no hi ha altre remei...* —cedeix Diridí, commoguda per la preocupació de la Tina.

La libèl·lula mira i remira al seu voltant abans de fer bategar les ales i començar a elevar-se.

La Tina està a punt de deixar anar un sospir de descans quan veu que ja quasi hi arriba... Però en aquell precís moment el quetzalcóatlus adult va de dret cap al niu.

—Compte, que torna el monstre! —crida la Tina per avisar la seva amiga.

I sort que ho fa, perquè la libèl·lula no s'havia adonat de res.

Per acabar-ho d'adobar, un segon després, unes tremendes llengües de lava bullent comencen a lliscar pels vessants del volcà, avançant cap a la vall.

—*El volcà d'ha tornat a enfadar!* —crida Diridí, mentre baixa en picat per refugiar-se dins l'esquerda de la roca.

La Tina prefereix quedar-se a fora i contemplar aquell terrible espectacle.

Ha llegit molt sobre els volcans i sap de sobres que no «s'enfaden», com diu Diridí.

A la Prehistòria, la terra encara no s'havia refredat tant com en el nostre temps, i l'escorça terrestre era bastant més prima.

Per això les erupcions volcàniques eren molt més freqüents, ja que la massa ardent de roca fosa feia pressió cap a l'exterior, cosa que provocava que es trenquessin les zones més febles.

En aquelles perilloses ruptures, primer sortien disparats molts rocs; després, la lava bullent, que lliscava en totes direccions i que, un cop freda, generava una «muntanya» molt particular: un volcà amb una obertura al cim anomenada cràter.

La Tina ha quedat muda en veure les forces de la natura en acció, i mira amb preocupació com la lava bullent avança implacable.

A dalt, al niu dels quetzalcóatlus, en Pitus està més o menys segur, però a la vall la situació comença a ser desesperada. La lava va baixant cap allà, serpentejant sense aturall i enterrant-ho tot al seu pas. És una imatge impressionant!

Per sort, la Tina i Diridí encara són lluny del perill.

—*Aquelled fered d'han quedat al niu i ja no hi haurà méd dorolld que led edpantin... Dnifff!* —es lamenta la libèl·lula.

—Tranquil·la, Diridí. Nosaltres dues podem fer molt soroll! —exclama la Tina, contentíssima perquè se li acaba d'acudir com solucionar el problema de l'encenedor. I ràpidament treu de la bossa de tela els petards de la nit de Sant Joan—. Ara tenim foc de sobres!

La Tina avança amb compte cap al riu de lava, però els petards no s'encenen tan fàcilment com s'imaginava...

—Per les baves de deu brontosaures refredats! Això crema! —remuga, en veure que no pot acostar-se prou a la «dopa calenta» per encendre les metxes.

La Tina medita uns instants i de seguida somriu. Una superbruixa sempre té mil i un recursos!

Llavors agafa un petard petit i...

...el tira al mig del riu de lava bullent.

Els quetzalcóatlus, espantats, treuen el cap fora del niu, com si haguessin d'emprendre el vol, i també Diridí fuig, morta de por, a refugiar-se a l'escletxa de la roca.

—*Vigila, que el volcà encara edtà molt enfadat!* —crida.

Però la Tina li respon amb un crit de triomf:

—Sóc jo qui està enfadada! Aquest tro ha estat genial!

Després d'explicar a la libèl·lula com funcionen els petards, entre totes dues pensen un pla per a espantar els quetzalcóatlus i perquè Diridí pugui pispar tranquil·lament una branqueta del niu.

—*Potd comptar amb mi!* —s'entusiasma la libèl·lula—. *Donarem a aquedtd becllargd una pallidda que quedaran edmaperdutd!*

Dit i fet.

La Tina prepara els petards. No els vol llançar tots alhora, sinó guardar-ne algun de reserva per si els quetzalcóatlus tornen al niu massa aviat. Llavors fa un gest a Diridí i, tot d'una, un petard ben gros vola cap al torrent de lava, i esclata fent tant soroll que la mateixa Tina fa un bot.

I els quetzalcóatlus?

De l'ensurt, gairebé cauen del niu, després alcen el vol morts de por.

Malgrat tot, la Tina fa esclatar un parell de petards més abans de fer a Diridí el senyal d'envolar-se.

La libèl·lula puja a gran velocitat, com un helicòpter. La Tina la segueix amb la mirada, protegint-se els ulls amb la mà per evitar la cendra que encara flota al seu voltant.

Diridí arriba a la vora del niu…

La Tina conté la respiració…

Quan la libèl·lula està a punt d'aturar-se, de cua d'ull veu com el quetzalcóatlus adult vola com un llamp cap a ella, disposat a defensar el seu niu!

Diridí fa uns ulls com taronges i es queda paralitzada de pànic, però la Tina l'ajuda de seguida.

Aquest cop ha encès un coet amb focs artificials de veritat!

Se senten xiulets, xiuxiueigs, traques..., i un esclat de colors brilla al cel. Allò deixa els tres quetzalcóatlus tan i tan esgarrifats

de por, que emprenen el vol a tota velocitat i es perden en la llunyania.

—Viscaaaa! —crida la Tina, feliç—. Aquestes colobres amb ales tardaran una bona estona a tornar!

Poc després Diridí aterra sense alè al seu costat i, tota cofoia, li dóna una «branqueta»... tan gruixuda com un braç!

—També hauria servit una de més petita... —somriu la Tina, i un segon després estreny la branca contra el seu pit. No pot perdre més temps!—: Ens trobem a dalt! —crida a Diridí abans de murmurar la fórmula màgica del «Salt de la bruixa».

Quan Diridí arriba al niu, troba la Tina abraçada al seu germà i plorant a llàgrima viva. El pobre Pitus no entén a què ve aquest atac d'afectivitat, i fa força per afluixar i poder respirar.

—Va, Tina, què fas? Només és un somni, tonta! —prova de consolar-la.

—Sí, sí, tens raó —mussita la Tina, eixugant-se les llàgrimes—. És que... avui he descobert que t'estimo moltíssim, microbi!

Diridí, que ha contemplat l'escena amb els enormes ulls ben oberts, pregunta:

—*Éd ell? Aquedt éd el duperpedat?*

Bocabadat per la sorpresa, en Pitus exclama:

—Mira, Tina! Una libèl·lula gegant! I, a més a més, parla! Uauuuu, això sí que és una passada de somni!

La Tina li acaricia el cap amb tendresa. És un descans saber que en Pitus no s'ha assabentat, ni de bon tros, del terrible perill que els ha amenaçat a tots.

—Sí, aquest és el «duperpedat» més «duperpedat» de tots els «duperpedatd» —respon a Diridí amb un somriure, mentre es treu el ratolí de pelfa de la butxaca. Han de tornar a casa immediatament!

Però en aquell instant la Tina es fixa en el bebè dinosaure de bec d'ànec que també és al niu.

La pobra bestiola està tota espantada i no para de gemegar cridant la mare.

—I ara què en farem, de tu, petitó? —sospira la Tina.

No se sent capaç d'abandonar-lo. Seria una crueltat! Però no se li acut cap solució, tampoc. Es gira cap a Diridí esperant ajuda:

—El meu germà i jo ens n'hem d'anar, però no podem emportar-nos aquest petit dinosaure...

—Per a mi no éd cap problema baixar-lo volant find a terra —diu la libèl·lula—, *però no dé com pujar-me'l a l'edquena, i degur que ell tampoc no dap com aguantar-de dol...*

—Jo us puc ajudar! —exclama de sobte en Pitus, i es treu de la butxaca un fil de l'estel.

En un instant el nadó de dinosaure està ben lligat a l'esquena de Diridí.

—Duré aquedt bebè al codtat deld deud pared. Degur que elld el podran dedlligar de la meva edquena i edtaran molt contentd de tenir-lo un altre cop amb elld.

—Gràcies per ocupar-te'n... I ara vés amb compte, no fos cas que la família de llangardaixos amb ales tornés al niu! —diu la Tina a la seva amiga—. M'ha agradat molt conèixer-te, Diridí. Ets la libèl·lula més... més...

—... més grossa! —acaba la frase en Pitus.

La Tina agafa el seu germà de la mà i estreny el ratolí de pelfa contra el seu cor per fer una vegada més el «Salt de la bruixa».

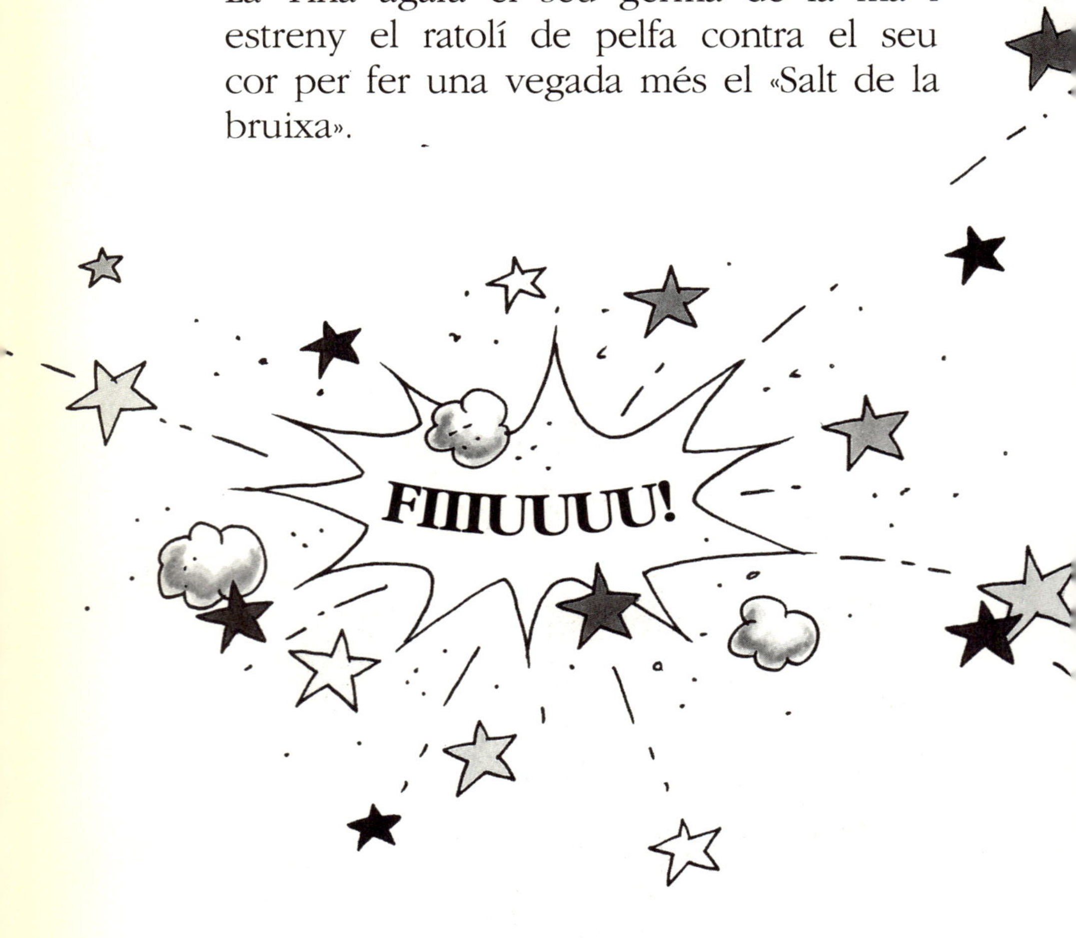

En Pitus queda garratibat de la sorpresa quan, de sobte, es troba a la cambra de la seva germana.

—Què ha passat? —pregunta.

—Que el malson s'ha acabat —li respon la Tina, que ho aprofita per a estampar-li un petó a la galta.

Com és lògic, en Pitus s'eixuga el petó de la galta de seguida, fent cara de fàstic.

I just en aquell moment, la mare entra a la cambra.

—Ah, ja sou aquí. No us he sentit entrar —diu, i de seguida canvia el to—. Però... què és aquesta pinta que feu?

Llavors la Tina es fixa en els cabells i la roba del seu germà, tots bruts de sutge, i suposa que ella mateixa deu tenir un aspecte bastant semblant...

—Per què ho dius? —pregunta en Pitus, innocent.

—Es pot saber què us ha passat als cabells... i a la roba? —diu la mare.

En Pitus es passa la mà pel cap, després es mira els dits plens de pols negra i comença a xerrar:

—És que ha nevat neu negra, saps? Abans ha sonat un tro espantós... i el bebè dinosaure s'ha espantat i ha plorat... però jo l'he consolat i li he dit que no tingués por, perquè tot era un somni... i...

La Tina mira de sortir-se'n mostrant a la mare un dels dinosaures de plàstic que en Pitus té desats a la caixa de joguines, però el seu germà continua la xerrameca:

—Ha estat superemocionant, mare! Hi havia dracs de veritat... i un se m'ha emportat enlaire, molt amunt... i la Tina em deia que vigilés... i ell pujava més i més...

Quan veu que la cosa s'embolica de debò, la Tina decideix tallar-lo i diu, assenyalant l'estel d'en Pitus, que està repenjat a la paret de l'habitació:

—És que hem sortit a fer volar l'estel i...

—... I després hi ha hagut una explosió fortíssima... —continua en Pitus—, i...

—... I ara mateix te'n vas de pet cap a la dutxa! I tu, Tina, al darrere! —els interromp la mare, que de cop s'adona que la cambra encara no està endreçada del tot i fa cara de pomes agríssimes.

—... I després ha vingut una libèl·lula gegant... —continua, xerra que xerra, en Pitus— i...

Però ara és la seva germana la que acaba la frase:

—... I ara mateix acabo d'endreçar l'habitació, d'acord, mare? És que no podia deixar que el pobre Pitus fes volar l'estel tot sol!

—D'acord... —sospira la mare—. Però no entendré mai per què us embruteu tantíssim jugant. Mireu-vos la roba... Aquestes taques no se'n van ni en somni!

—Bé, en somni, en somni, el que es diu en somni... potser sí! —l'anima la Tina, fent l'ullet al seu germà.

Trucs de dinosaures

Diridí, la libèl·lula *dupergrodda*

A casa, la Tina recorda la seva aventura amb els dinosaures, en especial amb Diridí, la libèl·lula tan simpàtica que parla d'aquella manera tan divertida.

I per recordar per sempre la seva amiga, la Tina decideix construir-se una libèl·lula gegant.

<u>Per a construir la libèl·lula, la Tina necessita:</u>

- Un rotlle buit de paper de cuina
- Una bola de cotó fluix
- Dos filferros
- Làmines de plàstic lluent
- Retolador negre
- Un tros de suro prim
- Un tros de tul
- Retoladors de colors amb purpurina
- Sis bastonets de fusta
- Cola d'enganxar
- Cordó verd

1. La Tina decora el rotlle de paper de cuina amb blau i verd.

2. Després pinta la bola de cotó fluix i la fica pel rotlle de paper de cuina per a fer el cap de la libèl·lula (no s'oblida de fer-hi els ulls i la boca amb el retolador negre).

3. Tot seguit fabrica les ales amb el tul i les làmines de plàstic lluent, i les subjecta amb la cola d'enganxar i el cordó verd al cos de la libèl·lula.

4. Llavors retalla el suro en forma de fulla.

5. Punxa els sis bastonets de fusta al cos de la libèl·lula, i després els clava també al suro.

6. I, per acabar, posa les antenes a Diridí fent servir els trossets de filferro.

La Tina col·locarà aquesta preciosa libèl·lula a l'estany del jardí de la seva àvia, o a la seva habitació, o a dins d'una peixera, o... Tant se val! Segur que queda molt bé en qualsevol lloc.

«Dinolàndia»

La Tina i en Pitus es pregunten qui ha batejat els dinosaures amb aquests noms tan estranys i difícils de pronunciar, i han començat a fer una llista de tots els que han conegut en aquesta aventura. Els ajudes a acabar-la?

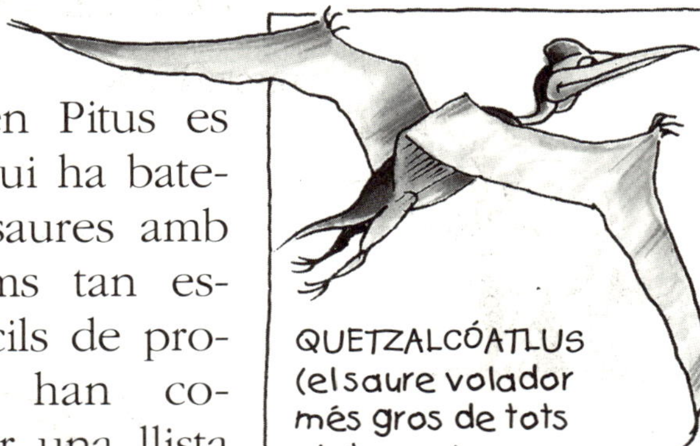

QUETZALCÓATLUS
(el saure volador més gros de tots els temps)

TIRANOSAURUS REX
(el saure carnisser més perillós de tots els temps)

TRICERÀTOPS

....

....

....

....

....

....

hadrosaures

....

....

....

....

....

....

I ara la Tina i en Pitus s'imaginen com haurien anomenat ells tots aquests dinosaures… fent broma, és clar! T'animes a canviar-los els noms, tu també?

- Quetzalcóatlus: *Poruguesaure* o ....
  ocellsaurus
- Tiranosaurus rex: *Ullaltremendus rex* o
  Dentadura rex
- Triceràtops: tres banyes o
  rinobanyes

Per acabar, la Tina i en Pitus han decidit... inventar-se espècies noves de dinosaures! Fins i tot organitzen una exposició amb uns dibuixos fets per ells que fan molta patxoca. És clar, a la llista de nous dinosaures no hi podien faltar el *Tinasaurus bruixitis* i el *Pitusàptor superpesatus*. Quins nous dinosaures se t'acudeixen a tu?

Hola!

Aquest que veus a la foto sóc jo. Em dic KNISTER, i sóc l'autor de les aventures de la Tina Superbruixa.

Com que sempre m'ha agradat el vostre món, el dels nois i les noies com tu, he escrit una pila de llibres i cançons i també obres de teatre per a vosaltres.

M'encanta presentar programes de lectura a la tele, la ràdio, les biblioteques, els teatres i les llibreries del meu país (que, per cert, és Alemanya), i també m'ho passo molt bé quan treballo per a nois i noies que són discapacitats psíquics, o dislèctics, o cecs..., tots de la mateixa edat que tu.

Però el millor de tot és quan vosaltres participeu amb mi en les coses que faig, llegint els meus llibres i compartint les aventures dels personatges protagonistes.

En aquesta ocasió, he volgut presentar-vos la Tina Superbruixa. Com que és una bruixa supersecreta, em va costar bastant que m'expliqués els seus trucs de màgia, però al final ho vaig aconseguir. Encara que..., no sé per què, però tinc la sensació que la Tina Superbruixa no m'ha explicat tots els seus supersecrets... i potser encara li queden uns quants encanteris guardats a la màniga!

Índex

Trucs de dinosaures

Els llibres de KNISTER

www.KNISTER.com

a Brúixola

*Aquest llibre es va acabar
d'imprimir a HUERTAS,
Industrias Gráficas, SA,
el mes d'octubre de 2006*